La casa de Celia

edebé

© del texto, Javier Martínez, 2018
© de las ilustraciones, Mariana Ruiz Johnson, 2018
Derechos cedidos mediante acuerdo con Garbuix Agency.

© Ed. Cast.: Edebé, 2018
Paseo de San Juan Bosco, 62
08017 Barcelona
www.edebe.com

Atención al cliente 902 44 44 41
contacta@edebe.net

Directora de la colección: Reina Duarte
Editora de Literatura Infantil: Elena Valencia
Diseño de colección: Book & Look

Primera edición, febrero 2018

ISBN 978-84-683-3421-9
Depósito Legal: B. 25971-2017
Impreso en España
Printed in Spain
EGS - Rosario, 2 - Barcelona

La casa de Celia

Texto: Javier Martínez

Ilustraciones: Mariana Ruiz Johnson

A Celia le gustaba su casa.

Su casa tenía una alfombra verde en la que Celia cuidaba de una granja.

Tenía una escalera en la que el oso blanco
de Celia dormía la siesta.

Tenía un tejado de tejas rojas que brillaban cuando llovía.
A Celia le gustaba salir a verlo. La casa también tenía dos
columpios en el jardín.

A Celia le gustaba el ruido que hacían cuando el viento los mecía en las noches de mal tiempo. Su casa la mantenía al abrigo y no dejaba entrar el frío.

Un día, la casa despertó a Celia.

—He oído que os vais a mudar —dijo la casa.

Celia no sabía qué significaba *mudar*—. Que os vais
a vivir a otro sitio —dijo la casa.

—¿No vienes con nosotros? —preguntó Celia.
—Ah, no —dijo la casa—. Me gusta este lugar.

Celia preguntó a papa y mamá.

—Mamá ha encontrado un nuevo trabajo —dijo papá—. Estaremos mejor en otra zona.

Celia no quería que llegara el día de la mudanza.
—¿Qué vas a hacer entonces? —preguntó Celia.
—No sé —dijo la casa. Sonaba triste y cansada—.
La verdad es que me había acostumbrado a vosotros.

Un día llegaron unos hombres con monos azules y metieron en cajas todos los juguetes de Celia. Hicieron un gran rollo con la alfombra verde.

También metieron en cajas los demás objetos
de la casa. Y se llevaron los muebles.
Todo lo cargaron en camiones azules.

La casa ya no parecía tan acogedora.
—Adiós —dijo Celia.

Pero la casa no respondió.

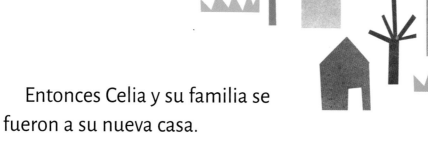

Entonces Celia y su familia se
fueron a su nueva casa.

Al principio, a Celia no le gustó mucho. El tejado
era de tejas marrones y oscuras que no brillaban.

Y la escalera no estaba tan cerca de donde jugaba, aunque Celia encontró un nuevo sitio para dormir a su oso blanco.

Papá puso la alfombra verde en su nueva habitación.
Y hasta un tobogán fuera.

Y a Celia empezó a gustarle su nueva casa.

—¿Quién se viene a nuestra vieja casa? —preguntó papá una mañana—. Tengo que ver a los nuevos dueños.

—¡Yo! —dijo Celia.

Celia encontró algo cambiada su vieja casa.

La familia que ahora vivía en ella tenía tres niños, así que habían puesto un columpio más.

Celia vio una antena nueva en el tejado, y una veleta que no estaba allí antes.

No había alfombra verde para jugar, y la escalera
se había convertido en un garaje.
Papá habló con los nuevos dueños. A toda la
familia le gustaba la casa.

—¿No dices adiós? —dijo la casa cuando Celia salió.

—¡Claro! —respondió Celia—. ¿Te gusta la nueva familia?

—Mucho, ¿y a ti? —preguntó la casa.

—A mí también —dijo Celia—. Son simpáticos.

—Ven a verme de vez en cuando —dijo la casa—. Ahora hay otra familia, pero podrías pasar por la calle y saludar con la mano.

—Lo haré —dijo Celia.

Y Celia y papá volvieron a casa.

—Vaya —dijo la nueva casa de Celia—, ¿dónde habéis estado?

—Fuimos a ver nuestra vieja casa —le contó Celia.

—¿Sí? —dijo la nueva casa—. ¿Y cómo está?

—Muy bien —dijo Celia—. La nueva familia es muy simpática. Han puesto otro columpio en el jardín porque tienen tres niños.

Y Celia siguió contando a su nueva casa todo lo que había visto en su visita a la vieja casa.

Y la noche cayó, el viento sopló,
y su nueva casa le dio abrigo.

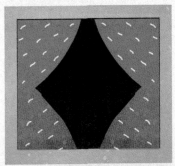